행복이 별거냐

힘들고 지쳐도 웃어요!!

행복이 별거냐

펴 낸 날 2015년 5월 24일 1판 1쇄

지 은 이 한창기
기 획 김동열
펴 낸 이 강유균
교정교열 이교숙
디 자 인 차정아 김대수

임프린트 강이북스
펴 낸 곳 리드리드출판(주)
출판등록 1978년 5월 15일(제 13-19호)
주 소 서울 마포구 마포대로 12, 808호(마포동, 한신빌딩)
전 화 (02) 719-1424
팩 스 (02) 719-1404
이 메 일 gangibook@naver.com

ISBN 978-89-7277-310-8 (03810)

이 도서의 국립중앙도서관 출판예정도서목록(CIP)은 서지정보유통지원시스템 홈페이지(http://seoji.nl.go.kr)와 국가자료공동목록시스템(http://www.nl.go.kr/kolisnet)에서 이용하실 수 있습니다.(CIP제어번호: CIP2015010070)

힘들고 지쳐도 웃어요!!

행복이 별거냐

글·그림 한창기 기획 김동열

강이북스

차례

첫 번째 이야기
한바탕 웃음으로

두 번째 이야기

사랑 타령

세 번째 이야기

삶의 향내

네 번째 이야기

낚시터 한씨네 가족

첫 번째 이야기

한바탕 웃음으로

행복이 별거냐

술이 절로

술 마시지 말자 하니
술이 절로 잔에 따라진다.

먹는 내가 잘못인가
따라지는 술이 잘못인가

잔 잡고 달에게 묻노니

누가 그른가 하노라.

술 땡기는 날…

여보시게,
술 마시는데
이유가 있어야 마시는가?

속이
채워지니

이제야

세상이

똑바로

보이는구나.

행복

정다운 사람들과의 술자리는 언제나 즐겁습니다.
술 한 잔에 얼큰하고 기름진 안주는 금상첨화입니다.

기분 좋게 취한 후 부른 배를 두드리며 노래 한 자락 불러봅니다.

"행복이 별거냐! 까짓 거…"

젊었을 때의 기억입니다.
이제는 술 마신 후 간 수치나 혈당, 칼로리 등 현실적인 문제들을 생각할 수밖에 없습니다.
호기 있게 말할 수 있었던 그때가 좋았습니다.
하하하!

행복이 별거냐!

사는 게 다 그런 거지…

오늘도 한 잔

오늘 같은 날이면
변영로 선생님의
시가 생각납니다.

청명해서 한 잔
날씨 궂으니 한 잔
꽃이 피었으니 한 잔
마음이 울적하니 한 잔
기분이 경쾌하니 한 잔

인생은 짧습니다.

그러나 술잔을 비울 시간은 아직 충분합니다.

까닭이 있어서 술을 마시고 까닭이 없어 술을 마십니다.

그래서 나는 오늘도 마십니다.

진정한 술꾼은 술 양에 관계없이 술을 즐길 줄 아는 사람입니다.

그런 사람이 진정한 남자이고 애주가입니다.

술맛을 알고 자신의 주량만큼 술을 먹고 분위기를 즐길 줄 알아야 합니다. 술을 자제할 줄 모른다면 남자로서 진정한 애주가가 될 수 없습니다.

진정으로 술을 좋아하고 사랑하는 애주가라면 단지 술을 먹기 위함이 아니라, 술자리 분위기 그 자체와 같이하는 사람들과 술을 통한 정을 느끼는 것을 아는 사람입니다.

그려, 그 인간보다
땡칠이 니가 더 낫다!

쥔님, 세상사는 게 다~~ 그런 거 아니남유.
너무 서운해하지 마세유.

술꾼은 해장술에 망하고
노름꾼은 본전에 망합니다.

술은 조금만 취하도록 마시면 그 속에 아름다운 향취가 있다고 했습니다.

많은 사람이 그 반을 지키지 못하고 취하여 비틀거립니다.
누군가는 너무 흥겨워서…
또 누군가는 너무 힘들어서…

요즘 들어 살기가 팍팍하여 그런지 후자의 사람들이 더 많이 보입니다.
기왕이면 기분 좋게 취하면 좋으련만…

오늘 밤도 거리엔 꽃이 만개하였구나.

술타령 1

쯧쯧쯧···
대낮부터
처마실 때
알아봤다!

술타령 2

술을 탐내는 마음은 본질적으로 바른 마음입니다.
술과 차를 대비할 때 그 차이점은 이렇게 표현할 수 있습니다.

**차는 은자隱者와 같고, 술은 기사騎士와 같습니다.
술은 친구를 위하여 있는 것이고,
차는 조용한 유덕자有德者를 위하여 있는 것입니다.**

봄 날씨야,

니가 아무리 좋아봐라.

내가 봄 옷 사 입나
술 사 먹지.

웃음

사랑은 달콤하지만 쓰고
이별은 쓰지만 후회하지 않는 것이고
우정은 배신하지 않는 것이고
행복은 남에게 전염시켜야 하고
웃음은 건강해지는 지름길입니다.

얼굴이 찢어지게
웃으며 살 순 없을까?

정직

세상에 술만큼

술은
따악
먹은 만큼만
취한다고
했다.

정직한 것도 없습니다!

본시, 사내들 속마음은 취중에 드러나는 법입니다.

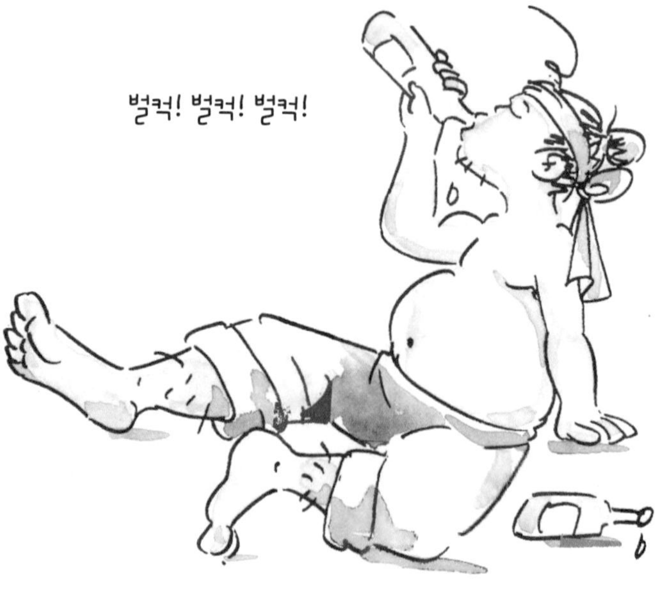

술에 취해 다 잊으면
그 얼마나 편안할 텐가!

허구한 날

에효~
사는 게 뭔지…

오늘도
벌써
세 병째다…

허구한 날
술만 마시러
돌아다니지 말구,
장사할 생각좀
해봐요!!

허어~참!
몰라도 한참 모르는군.
술이 들어가야
비즈니스가
되는 법이요.

불쌍한 오리

불쌍한 오리 결국…

안주는 역시
백숙이 최고입니다!

야 인마!
내 털 내놧!!
나쁜 노무스키!

시대가 시대니만큼

어제 그 뼈다귀

집으로 나와요.

그러엄~

이따 봐요.

혼자만 잘 살믄 무슨 재민겨~

노우!

혼자만
잘 살아야
깨소금이다.

어랍쇼?

저게 뭔 일이여…

로또 맞았나?

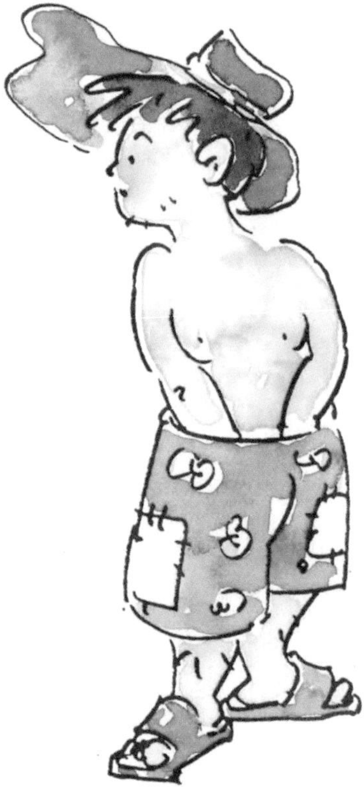

땡칠아, 넌 발 안 시렵냐?

눈만 오면 펄쩍펄쩍 뛰며 좋아하던 우리 집 강아지 녀석…

그런데 언젠가부터 녀석이 눈을 밟을 때 한쪽다리를 번갈아 들며

종종걸음으로 걷는 게 아닌가?

"너도 나이를 먹었구나. 이제는 발이 시려운 거니?"

개가 똥을 참을까요?

한 분은 노상방뇨…

한 마리는?

한 마리는?

공중화장실…?

지는 해

나이를 먹어감에 외적인 나의 모습은 점점 초라해져 갑니다.
처진 어깨를 펴기 위해 운동도 하고,
희끗해진 머리를 검게 염색해보기도 하지만…

'자연의 흐름이니 순응하며 살아야겠지.' 하고
마음속으로 타협을 봅니다.

반대로 나의 내면은 그동안의 삶을 통해 성장하여 강해졌는가?
살아오며 겪은 경험과 깨달은 배움이 헛되지 않았기를 희망해봅니다.

짜아식, 남의 것에 뭔 관심이 그리 많은겨?

빨랑 나와

사람들은 말합니다.
"똥이 무서워서 피하냐? 더러워서 피하는 거지."
하지만 대부분의 사람들은 속담을 핑계 삼아
자기 책임을 회피하려 합니다.

분명한 사실은 무섭든 아니면 더럽든 피할 것이 아니라 치워야 한다는 것입니다.

파리는 똥을 믿을까?

쾌변

사람들은 왜 싸고 나면
마려울 때를 잊는 걸까요…?

공부

공부를 잘하려면 무엇보다 오랫동안 집중할 수 있어야 합니다.
그리고 남들보다 더 많은 노력을 해야 하겠지요.

같은 시간을 공부하더라도
얼마만큼 집중하느냐에 따라
차이가 많이 나는 것 같습니다.

내일을 위해
오늘을 희생하지 마라!

마음

사람의

마음은 반성으로 닦아야 깨끗한 법입니다!

우리는 살아가면서 험한 세상과 상처 주는 사람들과
자연스럽게 함께할 수밖에 없습니다.

인간은 그렇게 주변의 반복적인 상처에 노출되면서
그것을 견뎌 낼 힘이 생긴다고 합니다.

세상 살려면 정말 마음 강하게
먹고 지혜롭게 살아야 합니다.
저도 매일 그렇게 살려고
노력 중입니다.

자존심

까짓, 남자의 존심이 있지…

내일 굶어 죽는다 해도
절대 구걸은 안 한다!

거지끼리도 때론 질투합니다.

질투하는 자신이 싫으면서도 그런 마음이 드는 건

그 사람이 착하기 때문일 것입니다.

오죽하면 사촌이 땅을 사면 배가 아프다는 말이 있을까요?

조금은 살짝 질투가 나더라도
그걸 자극제로 삼는다면
오히려 자신을 발전시킬 수 있는
장점이 될 것입니다.

삼복더위

삼복이란 초복, 중복, 말복을 말합니다.
하지가 지난 후부터 초복이 시작되지요.

초복과 중복 사이의 간격은 10일씩이지만
중복과 말복 사이의 간격은 10일 또는 20일 간격이기도 합니다.
이때의 더위를 '삼복더위'라고 하는데
1년 중 더위가 가장 심한 때입니다.
이런 복날이면 사람들은 더위를 피하기 위하여
술과 음식을 마련하여 시원한 계곡 등을 찾아가 쉬곤 했습니다.
그리고 삼계탕이나 보신탕, 장어요리 등을 먹으며
더위를 이기고 몸보신을 했지요.

질투

사람은 누구나 질투를 합니다.
어쩔 수 없지요.
잘난 사람이 있으면 못난 사람이 있고,
예쁜 사람도 있지만 반대로 못생긴 사람도 있지요.
하지만 진정으로 잘난 사람은 마음이 예쁜 사람입니다.
자신의 노력으로 더 가치 있고
품위 있는 여자가 될 수 있습니다.

멋진 여자가 되기 위해선
시기심부터 떨쳐버려야 합니다.

여자의 본심은
싸울 때 드러나는 법입니다!

나이 듦

우리는 늙어 가는 것이 서러운 게 아니라

아무것도 한 것이 없는 게 더 서럽습니다.

나를 낳아 고생하며 길러주신 부모님!

부모님의 나이는 반드시 기억하고 있어야 합니다.

오래 사신 것을 기뻐하고,

또 한편으로는 나이 많은 것도 걱정해야 합니다.

부모님이 늙어 기력이 약해지면 의지할 사람은 오직 자식들밖에 없습니다.

먹을 것이 없어 굶는 사람도 딱하지만

이가 없어 못 먹는 사람은

더~ 딱합니다!

정직

하루만 행복하려면 이발을 하고,

일주일 동안 행복하려면 결혼을 하고,

한 달 동안 행복하려면 말을 사고,

한 해를 행복하게 지내려면 새 집을 짓고,

평생을 행복하게 지내려면 정직해야 한다고 했습니다.

며칠 전부터 팔이 아파
머리 좀 감겨 달랬더니…
평소 뭐가 그리 쌓인 게 많았는지
온몸을 세탁해 버렸습니다.

알밤을 한 대 맞아야 정신이 돌아올까?

에구 구!
요놈이 딱밤놀이 하다 에미를 잡는 구나.

두 번째 이야기

사랑 타령

사랑은 눈으로 드네

보물

마음은 팔 수도 살 수도 없는 것이지만
줄 수는 있는 보물입니다.

마음껏 사랑하십시오!

사랑을 한다고

금방 행복해지는 건 아닐 겁니다.

동행

일상에 지쳐 울고 싶어질 때

나를 보며 웃어주는 배우자나 애인이 있으신가요?

그런 사람이 곁에 있다면 당신의 삶은

어떠한 상황에서도 빛이 날 것입니다.

더불어 진정한 친구 한 명까지 있다면 더할 나위 없는 삶이겠죠?

삶은 무엇을
손에 쥐고 있는 것이 아니라
누가 곁에 있는가에
달려 있습니다.

이별

사랑을 나눈 시냇가에서 임을 보내고
외로이 잔을 들어 하소연할 때

피고 지는 저 꽃 내 뜻 모르니
오지 않는 임을 원망하게 하리.

임 가실제 달 뜨면 오마시더니

달은 떠도 그 님은 왜 안 오실까?

생각해 보니 아마도 님의 곳은

산이 높아 뜨는 달 늦은가 보다.

주막이란

시골 길가 또는 도심 변두리에서

술과 밥을 팔거나

나그네에게 잠자리를 제공하는 집을 말합니다.

주막에 가본 적이 없는 사람은
주막이 얼마나 낙원인지를 잘 모릅니다.

주막 2

술은 입으로 들고

사랑은 눈으로 든다!

마음의 병

옛날 어느 마을에 한 벙어리 청년이 살았습니다.
청년은 비록 장애가 있었지만 마을 사람들에게
두루 평판이 좋았습니다.
왜냐하면 청년은 마을 사람들의 고민을 잘 들어주었기 때문이었죠.
마을 사람들은 말 못할 고민이 생길 때마다
청년의 집에 찾아와 고민을 털어놓았습니다.
자신의 비밀이 새어나갈 염려도 없었기에 안심하였고
그렇게 마음속 짐을 덜어내었습니다.

그러던 어느 날
청년은 집에서 싸늘한 시체로 발견되었습니다.
자살이었습니다.

마을 사람들의 어둡고 무거운 고민들을 들어주다
그의 마음속에 병이 깃든 것입니다.
청년은 벙어리였기에 누구에게 하소연도 못하고
마음의 병을 쌓아가고 있었던 것입니다.

평생 단 한 번도 쌈박질을 안 한 부부는 정말 바보입니다.

안 싸우려고
얼마나 자신을 죽여야 했을까요?

사랑싸움 1

통계에 의하면
헤어졌던 연인이 재결합했을 경우
대부분 다시 이별하게 된다고 합니다.
그 이유는 처음 두 사람이 헤어지게 됐던 원인이라고 하는군요.

한 번 이별했던 사랑은 다시 과거의 사랑으로 되돌아가기 힘듭니다.
순간의 그리움으로 헤어졌던 원인을 잊고 재결합할지라도
오래 못 갈 재회가 되기 때문이겠지요.

그렇기 때문에 두 사람은 다시 시작하여야 합니다.
과거의 잘못을 인정하고 이별의 원인을
서로 이해하며 노력하고 변해야 합니다.

한 번 찢어진 사랑의 흔적은 영원하니까요.

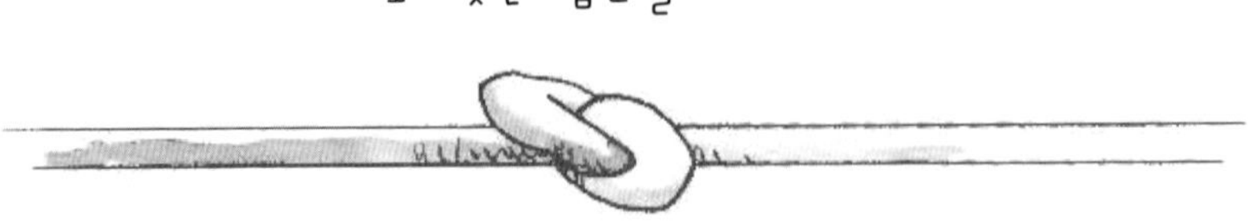

한 번 찢어진 사랑…

후회하면서 꿰매본들 흔적이 없어지던가?

사랑싸움 2

사랑은 끓이고 미움은 식혀라!

부부싸움은
칼로 물베기랍니다.

최고의 부부생활을 유지하는
첫 번째 비결은 무엇일까요?

그것은 아마 절대로
될 대로 되라는 식의
위태로운 상황까지
가지 않는다는 것입니다.

애정표현 1

사랑은
적극적으로 표현하는 것입니다.

진실한 사랑을 위해서는
마음뿐만 아니라
표현하는 방법에 대해서도
잘 배워야 합니다.

자신 있게!
그리고 당당하게!

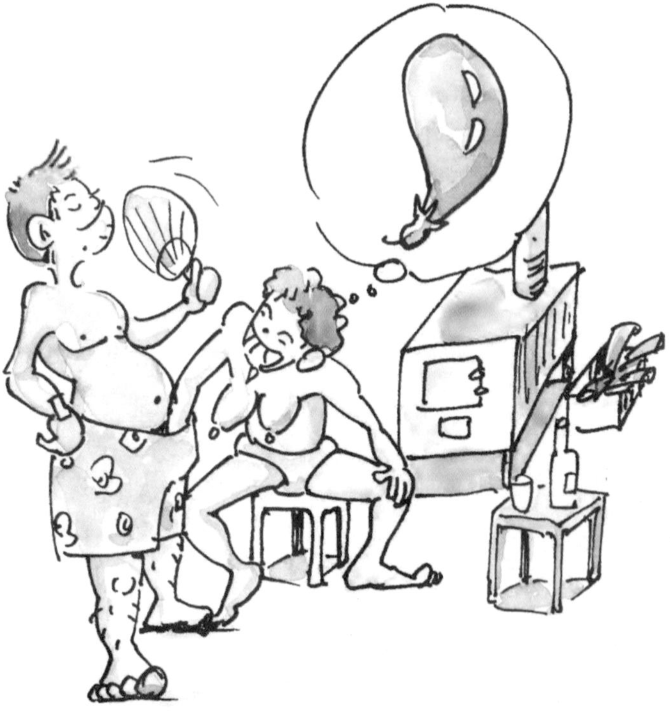

내 어머니도 이랬을 것입니다.

라면 한 그릇도
누구랑 함께 나눠먹어야 먹어야
맛이 납니다.

아내와 탁배기 한 잔!

오늘 하루의 피로가 싹 가십니다.

아내

그러니까
돌아다니지만 말고
시간 나는 대로
가게에 나와서
나 좀 도와줘요.

더운 날씨에
장사하느라
정말 고생
많았어요~

아내가 만들어준 닭꼬치!

더 이상의 술안주는 없습니다!!

사랑 1

왜?
그런 사람을
좋아하냐고 묻지 마세요.
당신한테는
그런 사람이겠지만

내겐 그 사람이 전부입니다.

그대가 손을 내밀든지 말든지
나를 아는 척하든지 말든지
그저 내가 그대를
사랑하는 것만으로도
충분히 가슴 따뜻한
때가 있었습니다.

사랑 2

젊은 시절 짝사랑하던 여자애의 집을 무작정 찾아간 적이 있습니다.
정확한 주소도 모르고 단지 사는 동네만 알았을 뿐인데
왠지 그 동네에 가면 그녀를 만날 수 있을 것만 같았습니다.

주택가 이집 저집을 둘러보며
아, 이 집의 분위기가 그녀와 어울려…
아니다, 여기 마당이 있는 집에서
그 애가 뛰어 노는 모습이 그려지는걸…?
이 생각… 저 생각…
상상의 나래를 펴며 그렇게 걸었습니다.

물론 그녀를 만나는 기적은 일어나지 않았지만
집으로 돌아오는 길은 쓸쓸하지 않았습니다.

나에게도 사랑하는 것만으로
충분히 가슴 따뜻한 때가 있었습니다.

술이 있고
님이 곁에 있으니

세상에 부러울 게 뭐 있겠는가!

과학적으로 사랑의 유효기간은 길어야 3년이라고 합니다.
새집을 샀을 경우 만족도가 1년이고
차를 바꿨을 경우가 6개월이라고 하니
이 얼마나 짧단 말인가요…

따라서 결혼할 때 유효기간이 있는 사랑에 몰빵하긴 보단
이 사람이 의리 있는 사람인가 신중히 고민해 봐야 하지 않을까요?
이제 의리는 남자들 간의 우정에서만 통용되는 것이 아니라
남녀 간에서도 중요한 덕목이 된 듯합니다.

남자들이여 예쁜 여자만 찾지 말고 부디 의리 있는 여자를 찾으세요!

결혼은 여섯 가지의

요소로 이루어져 있습니다.

하나는 애정이고
나머지 다섯은 믿음입니다!

기다림

눈이 온다!

내린다는
말보다
온다는 말이
더 좋다.

임도 눈처럼
마냥 오기만
하여라.

내가 곁에 두려고

마음먹지 않아도

남을 사람은 자연히 알아서 남아줍니다.

자네 집에
술 익거든
부디 날 부르시게,

내 집에
꽃 피거든
나도 자네 청해 옴세.

세 번째 이야기

삶의 향내

낚시는 기다림이
아닌 타이밍이다!

낚시는 기다림이 아닌 타이밍이다!

베테랑 낚시꾼이자 심리학자인 폴 퀸네트가 말했습니다.

인생에서 믿을 수 있는 것은 딱 두 가지라고요.

조만간 송어가 뛰어오르리란 것과

송어가 무엇 때문에 뛰어 오르든

낚시꾼의 낚시통에 든 것과는 무관하다는 것입니다.

탁배기 한 잔에
모든 시름을 잊고…

최선

최선을 다하지 않으면서
최고를 바라지 마라!

오늘 걷지 않으면
내일은 뛰어야 한다!

삶이 뜻대로 되지 않듯
언제나 최선을 다할 수는 없을 것입니다.
때론 힘에 부칠 때 최선이 아닌 차선을
그 역시도 힘들 땐
잠시 비워 두십시오.
비워 둔 그 자리는
언젠간 최선의 그 무엇으로
메꿀 수 있을 것입니다.

노력

신은 우리가 성공할 것을
요구하지 않습니다.

다만 노력할 것을
요구할 뿐입니다!

노력은 절대 나를 배신하지 않는다 했습니다.
노력하며 살아가고 있다고 생각합니다.
가족의 안녕을 위해
또는 자신의 꿈을 위해
오늘도 한걸음 한걸음 노력하고 있지만
문득 뒤돌아보면 제자리…

영화 '빠삐용'에서
빠삐용의 죄는 살인죄가 아닌
인생을 낭비한 죄라 했습니다.

나는 노력한다는 미명하에
적당히 타협하며 안주하고 있는 것은 아닐까?
나는 유죄인가, 무죄인가

양심

2008년 미국 대선 때의 일화입니다.
당시 민주당의 버락 오바마와 공화당의 존 매케인 후보는 대통령의 자리를 놓고 치열하게 경쟁하고 있었습니다.
공화당의 대선유세장에서 한 지지자가 존 매케인 후보에게 말했습니다.
"오바마는 사실 아랍인의 피가 흐른다고 해요. 테러범 친구도 있고요.
그런 그가 대통령이 된다면 대법원을 엉망으로 만들 거예요."
이에 존 매케인은 말했습니다.
"그건 사실이 아닙니다. 오바마는 훌륭한 미국시민입니다.
또한 가정적이지요. 다만 저와 그는 근본적인 해결방안에 대해 의견을 달리 할 뿐입니다."
이후 몇몇의 공화당 열혈 지지자들은 존 매케인 후보에게 야유를 퍼부었고 선거전은 수세에 몰리게 되었습니다.
다급해진 공화당 대선캠프 전략가들은 존 매케인 후보에게 오바마에 대한 근거 없는 아랍연계설과 흑인이라는 점을 공격해야 한다고 부추겼습니다.
그러나 존 매케인 후보는 그러한 네거티브 전략을 단호히 거부하였습니다.
대통령이라는 목표를 이루기 위해 정당하지 않은 방법을 쓸 수는 없었기 때문이었습니다.
열심히 하는 것보다 잘하는 것이 중요하다 하고, 과정은 무시하고 결과만을 추구하는 요즘의 세태를 반성하게 하는 일화입니다.

목적이 훌륭하면

방법 또한 훌륭해야 한다!

능력은 바닥을 치는데

욕심은 하늘을 찌르는구나!

그대는
무엇을 쥐려

그렇게 애쓰는가…?

근면

일을 한다고 금방 부자가 되는 것은 아닙니다.

하지만 일을 하지 않으면
부자가 될 길이 없습니다.

꽃이나 새는

자기 자신을
남과 비교하지 않습니다.

모든 것은

향내가

몸에 배듯이

은은하고 꾸준하게

노력해야 합니다.

중단 없이 노력하면 마침내 이룰 수 있을 것입니다.

다른 사람이 백 번 노력을 할 때

나는 천 번의 노력을 해야 합니다.
그래야만 그 사람보다 앞서 갈 수 있습니다.

끌림

사람의 마음을 사로잡는 요인은 참 많습니다.
그 중에서도 효과가 가장 크고 사람의 눈길을 끄는 것은 표정일 것입니다.

발자크는 사람의 얼굴은 하나의 풍경이고, 한 권의 책이라고 말했습니다. 용모는 결코 거짓말을 하지 않습니다.

펜은 칼보다 강하고,
글은 더 많은 사람에게 더 큰 힘을 발휘합니다.
말은 곧 그 사람이고 에너지입니다.

사랑한다는 말 한마디가 주는 힘은
참으로 놀랍습니다.

두려움

두려움은 자기 자신으로부터 오는 것입니다.

자존감이 낮고 자신감이 부족할 때

두려움이라는 감정이 따라옵니다.

두려움을 극복하고 싶다면

가만히 생각만 하지 않고 움직이고 행동해야 합니다.

그러면 자존감이 높아져

**두려움보다 당당함으로
변할 것입니다.**

무사는 칼을 갈며
두려움을 떨쳤다고 합니다.

나이가 든다는 것

중년의 즐거움 중에 하나는
낚싯대에 걸린 대어를 놓쳤다 해도
화가 나지 않는 것이라고 했습니다.

늙는다는 것은 하늘과 통할 때가 되었다는 것입니다.

나이를 먹을수록 세상을 바라보는
분별력과 삶에 대한 애착이 깊어집니다.

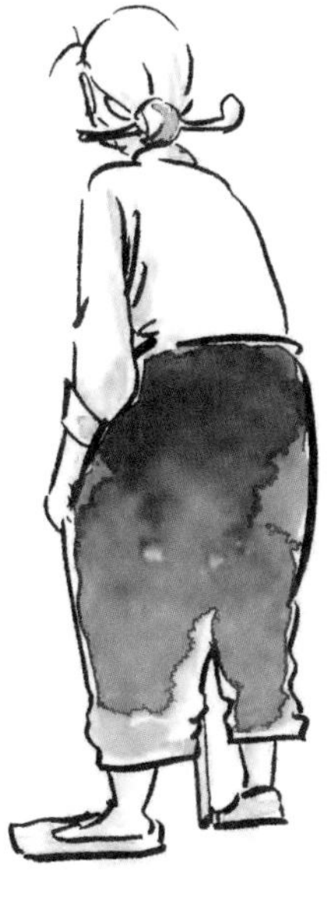

달콤한 휴식!

내일을 위한 휴식!

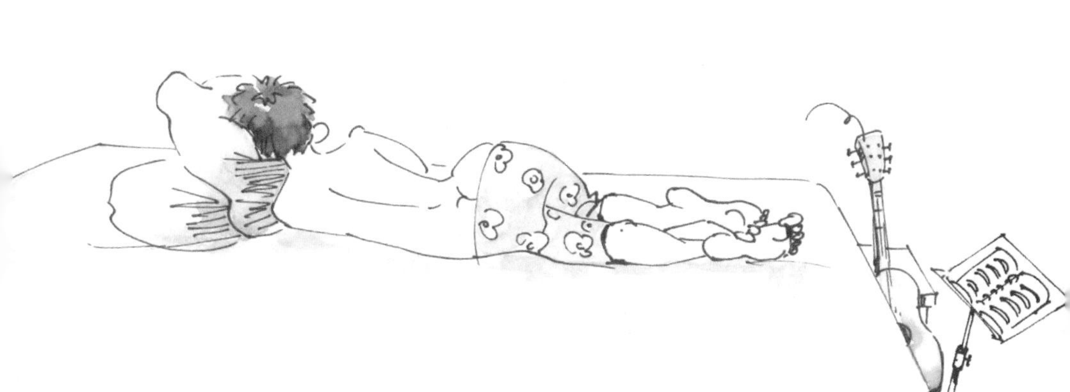

술 벗

玩月長醉

꽃 피면 달 생각하고 달 밝으면 술 생각하고
꽃 피자 달 밝자 술 얻으면 벗 생각하네.
언제면 꽃 아래 벗 데리고 완월장취 하려뇨.

완월장취玩月長醉 : 달을 벗 삼아 술에 오래도록 취함

술이란

같이 마셔 줄
진정한 친구가 있어야
제 맛이 나는 법입니다!

술안주

엇그제 덜 괸 술을 질동이에 가득 붓고
설 데친 무우 나물 청국장 끼쳐 내니

세상에 육식자들이
이 맛을 어이 알리요!

탁배기 안주에는

역시 총각김치가 최고야!

쓸쓸함

낙엽이 진다.

한때는 거센 비바람에
당당히 맞서던 푸른 잎이…

온다 간다 말도 없이 가버렸다.

가을이…

외로움

에효~

술은 있으나
벗이 없구나…

인간은
느을 ~ 외로운겨.

혼자 왔다가
혼자 가잖아 …

즐거운 삶 1

인생 뭐 있냐?

그냥 쌈박하게 한번 살다 가는 거지.

지금도 기억하고 있어요~~
한마디~~
변명도 못하고
잊혀져야 하는 건가요~
나를~ 울려요~

아, 시월이 간다…

즐거운 삶 2

우렁이도 잡고…

돌게도 잡고…

이 맛을
선불리
상상하지 마라!

굴도 까먹고…

즐거운 삶 3

자전거 여행!

다~ 좋은데 다리가 아프다!

사랑스런 나의 슈퍼보드…

때론 폭주족도 돼 본다.

홍련암 가는 길에

올려다본 의상대…

의상대에서 홍련암을 바라보며…

낙산사 국수

낙산사 무료공양 국수를 먹었습니다.

낙산사에서 한 그릇 먹은

그 국수 맛은 정말 최고였습니다.

아니, 그 이상이었습니다!!

산행

계양산은 그리 높지 않은 산으로

인천에서는 가장 많은 등산객이 찾는 산입니다.

얼마 전부터 건강을 위해 계양산 산행을 시작했습니다.

산행의 즐거움!

겨울

오늘 같은 날~

찬바람 불고

알이 오그라들 때

뜨뜻한 국물에

오뎅 한 꼬치 곁들여

쐬주 한 잔!
워뗘?

날씨는 비록

차가워도

마음은
느~을
따뜻하게…

12월

벌써 12월입니다.

올 한해도 허공에 피어올라

사라지는 연기처럼
다시는 돌아오지 않겠지요…?

허기지고

추위가

나를 괴롭히는 것보다

늘 혼자라는 것이
못 견디게
시리고 아픕니다.

봄소식

봄이 오면 어김없이 찾아오는 꽃샘추위!
꽃샘추위는 봄에 일시적으로 다시 찾아오는 한파를 말합니다.
우리나라에만 있는 기후현상이라고 하는군요.
글자 그대로 봄에 피는 꽃을 샘내는 날씨를 빗댄 말인데
기후현상을 의인화한 참으로 재밌는 단어입니다.
좀 더 상상력을 더해 보면
봄에 피는 꽃과 같은 젊음을 샘내는…

어쩌면 꽃샘추위는
나와 같은 중장년이 아닐까 상상해 봅니다.

봄은 언제 오려나…

한 달

두 달

2월

3월

봄은 아직도

한참 남았구나…

송년

한해가 저물고 있습니다.

새로운 한해는 또 어떻게 지내야 하나…?

사람은 누구나 좀 더 희망찬 내일을 기대하고 살아갑니다.

내일이 희망 없고 무기력하다면 참으로 불행한 삶을 살고 있는 거겠죠!

연말 송년회 자리에서 새로 시작하는 한해를 바라보며

좀 더 희망찬 날을 기약하면 얼마나 좋을까요.

설날, 며느리들 전부치기!

에효,

'명절증후군'
벌써 시작인가…?

전만 붙이려면
왜 이렇게
궁뎅이가
가려울까요?

네 번째 이야기

뉴시티
한씨네 가족

삼겹살에 와인 한 잔

낚시터 매점

우리의 생활 터전인

세월낚시 매점 전경입니다.

그렇게
해놓으니까
제대루다!
우선 세 개만 달고
다음에 더 만들어
달아야겠어.
커피
음료수

요즘은 젊었을 때보다 집안일을 많이 돕습니다.
문득 두려운 생각이 들었기 때문이죠.

젊은 시절 아내에게 큰소리 빵빵치던 남편들도
나이 먹고 늙게 되면
대부분 아내에게 꼼짝 못 하고 잡혀 살게 마련입니다.
은퇴 후 상황은 더욱 심각해집니다.
생물학적으로 기운도 빠진 데다가
무엇보다 집에선 할 줄 아는 게 없기 때문입니다.

노후 대비로 연금만 믿고 있다간
큰일 날 수 있습니다.
아내에게 점수를 미리미리 따놔야 합니다.

아내와 눈 치우기를 하고 있습니다.

눈이 조금만 더 내리면
지붕이 내려앉을 것 같네요.

옛말에 등 따숩고 배부르면 그만이라는 말이 있습니다.

오늘은 올 겨울도 따뜻하게 나기 위해
아내와 창문에 비닐도 치고
난로 연통도 새로 달았습니다.

겨울을 푸근하게

지내려면

더운 날 열심히 일해야 합니다!

겨울나기 2

에효~

빨랑 겨울이 가던지 해야지…

나무하다 골병들어 죽겠구나!

강추위

세월낚시 매점 초겨울 날씨는 정말 매섭습니다.

오리털 입고, 목도리 두르고, 모자도 쓰고, 장갑까지 껴도

금세 손발이 꽁꽁 얼어버리지요.

강추위 속에서 따뜻하게 겨울을 나는 방법 없을까요?

한파에 온몸 여기저기 핫팩을 붙이면서 버티기도 하지만,

다가올 폭설에는 어떻게 해야 할지 걱정입니다.

올 겨울은 정말 추위로부터 벗어나고 싶네요.

추위야! 물렀거라~

추운 날 고생 많았어요!

매점 장사

아내가 매점에 앉아 낚시꾼을 기다리며 졸고 있습니다.

고생하는 아내를 볼 때마다

항상 미안한 마음뿐입니다.

맛있는 세월표

순살후라이드 치킨

오픈!

용모단정

가끔씩 아내에게 머리를 깎아달라고 부탁합니다.
미용실이나 이발소에서 머리를 깎은 후
만족스러웠던 적이 없었기 때문입니다.

**나의 두상을 고려하지 않고
미용사의 오랜 정형화된 방식으로
기계적으로 깎아낸 느낌이랄까…
뭔가 창의성이 결여된 느낌입니다.**

투덜대는 내게 아내는 말합니다.
"당신은 머리도 크고 머리카락은 반곱슬에 또 숱도 적어서
스타일 내기가 힘들어요. 미용사 입장에서 생각해 보면
최악의 요소를 다 갖춘 손님이었을 거야."

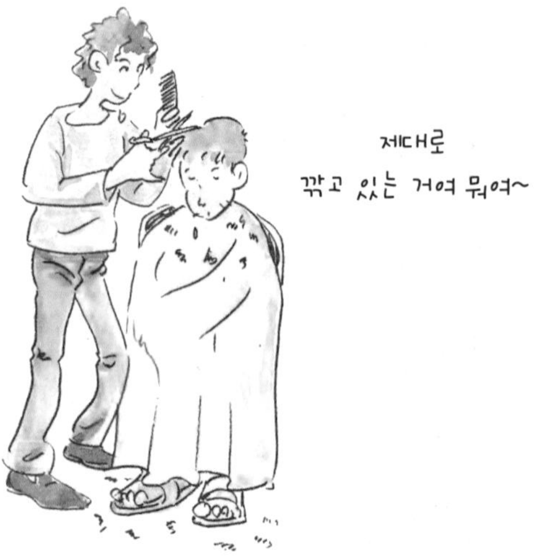

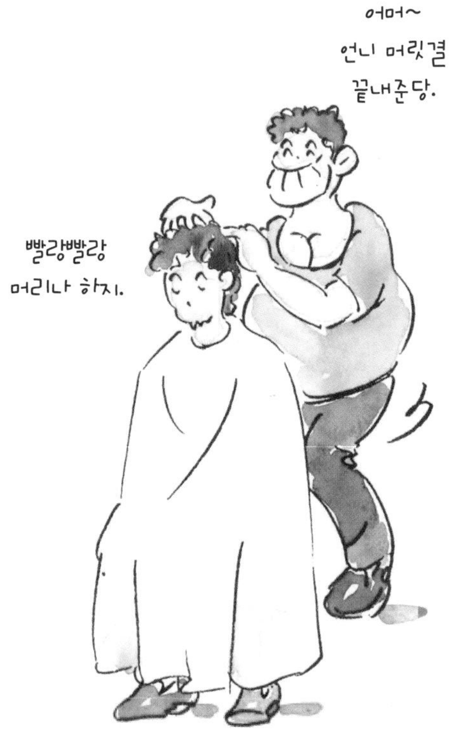

아내 파마하는 날입니다. 동네 아줌마 뽀그리 파마입니다!

무더운 날,

몸도 불편하신 어머니께서

막내 주려고 싸들고 오신 한 보따리 떡!

세상에서 가장 아름다운 미소와 선물입니다!

상추파티

염불보다는 잿밥에 눈이 멀었나 봅니다.
잘 키워서 삼겹살에 쇠주 한 잔 해야겠다는 생각에
나도 모르게 웃음이 절로 납니다.

상추 일곱 모 심었는데
우리 식구가 충분히 먹고도 남습니다.

모처럼 마누라하고 삼겹살에 와인 한 잔 하려 했는데

아무리 찾아도
코르크 따개가 없네요.

생각 끝에 나사못 박아 뻰라이어로 간신히 땄습니다.

크크크!

사소한 분노

아냐
팔팔 끓여서
다 익었어!!
이거 봐. 아직 안 익었어.
뚜껑을 닫고 오래오래 졸였어야지~

다 알고 있는 걸
뭐 하러 적어 놔?
만일을 대비해서
아는 것도
적어 둬야 해.
요즘은 나이 먹어
금방 잊어버려.

오늘은 아들 녀석이 대형사고를 쳤습니다.
제 딴에는 엄마를 도와준다는 것이었는데…
매점에서 팔기 위해 삶아 놓은 옥수수를 엎어 버렸거든요.

다행스럽게도 다치지 않았다는 걸
위안 삼아 봅니다.

출근을 해야 되는데
강추위에 오늘도
오토바이 시동이 걸리지 않습니다.

문제집을 아무리 많이 봐도

시험만 보면
아는 문제가 하나도
안 나옵니다.

궁뎅이가 무거워서 그래!

큰일이네. 샤워꼭지가
풀어지질 않네. 어떡하지…

꼼짝을 안 하네..

김치냉장고를 구입한 날입니다.

그런데 막상 넣어 둘 김치가 없네요~

화물차 구입한 날…

애들이 왜 싸우는지 모르겠네…

아들이 기르는 구피가 산란한 날!

요것들이
잘 자라줘야 되는데…

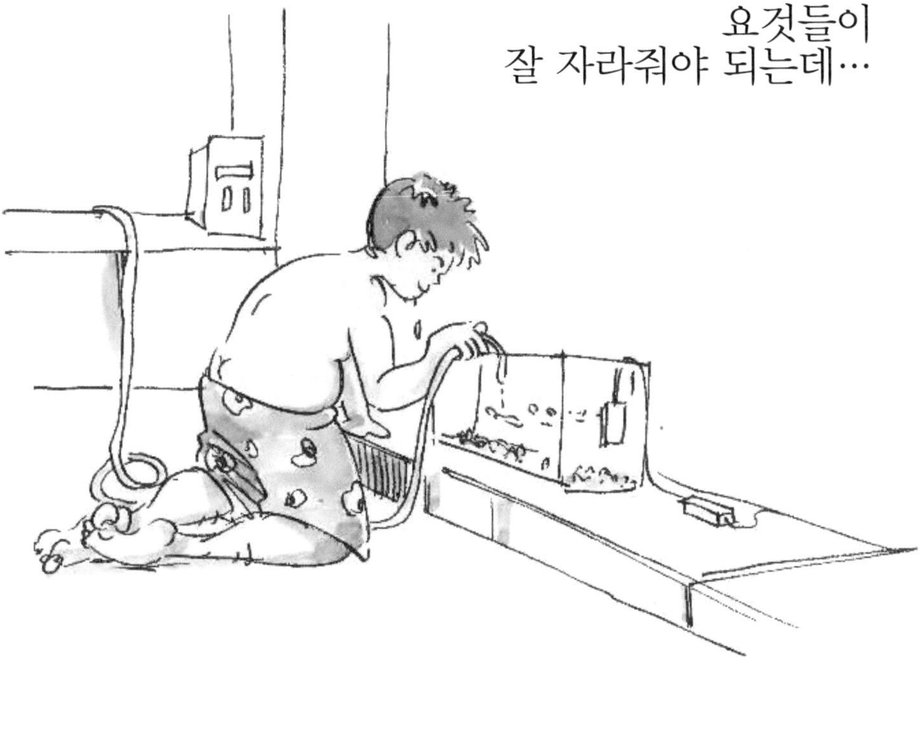

처음부터 공부에 취미 없고,

공부 못 하는 아이는 없어요.

지능이 낮아서도 아닙니다.

성적이 부진한 가장 큰 이유는, 아이들의 공부에 대한 관심도와 공부 환경에 있습니다.

울 아들,
얼마나 훌륭한 인물이 되려고
책만 펴면 졸까요?

하지만 놀 땐 몸을 불사릅니다!

게임 삼매경

스마트폰 세상입니다.
시대에 뒤떨어져선 안 되니 아들에게도 스마트폰을 사주었습니다.
당연히 아들의 주 용도는 게임입니다.
스마트폰으로 온갖 게임을 다 할 수 있으니
부모 입장에선 걱정스러운 판도라의 상자가 아닐 수 없습니다.
하지만 뭐 시대의 흐름이니 어쩌겠습니까?

내가 어렸을 적 다녔던 오락실을 떠올려봅니다.
게임할 돈이 없어 이 동네 저 동네 오락실을 다니며
친구들이 하는 걸 지켜보기만 했었지요.
이른바 오락실 구경…

서글픈 기억이지만
그립기도 한 나의 유년의 풍경입니다.

공부를 잘한다고

금방 훌륭한 사람이 되는 건 아닙니다.

아들 녀석은 공부보다 게임이 더 좋답니다!

아들아~

물고기만 잡지 말고 공부도 따라 잡아야지!

순순히 항복해라!

잡았다, 요놈!

내가 잡았어요!

아부지…

아들 사랑 1

아들아, 어때!

아빠 바람 넣는 솜씨가?

축구할 때는 다치지 않게
몸조심하는 거 알지?

더운 여름 날,

축구부에서 운동하던

아들의 발걸음이 무척이나 힘겨워 보였습니다.

아들 사랑 2

아들과
봉숭아 물들이기

아들
교복 단추 달기

강풍과 초특급 한파에

아빠는 힘들어 죽는데
아들은 좋아 죽습니다.

당구 완승

결승을 앞두고

완승을 위한 피나는 노력!

워뗘~
자세가?

그게 어떻게 들어가냐?
워떠!?

할말이 없다.
앗 싸

이게 뭔 개망신이냐~

흐음~

다음은 무슨 내용을 그려야 하나?

말짱하다가도 책만 펴면

낙지가 됩니다.

워뗘~
이만하면 죽이지?

부지런히

쓸고 닦아야 하느니…

중국여행 길에 오르던 날입니다.

돈 나올 구멍을 아무리 눈 까고 찾아도 보이질 않는군요!

아무렴 어떻습니까?

여행 후에 비록 후회할지 모르겠지만…

신나게 한번 놀다 오렵니다.

사람들이
중국을 왜 대륙이라 하는지
가보니 알 수 있었습니다!

요렇게 흔들어야
한해가 지나갑니다.

가로등도
졸고 있는 ~
엄마!
몇 번이야?
자기도
짜아악 한 곡
뽑아 봐!

우리 가족 모처럼
즐거운 외식날입니다!

뭐니뭐니 해도
집밥이 최고!

인터뷰 1

신문사에서 취재 온 날

저쪽에서 걸어오다가
여기서부터 말씀해주세요.
아~ 이게 보통일이 아니네.
도대체 몇 번을 찍는 거여…

그림만 신경쓰지 말고
장사 할 생각을 해야지~
네에~
좋아요.
자연스럽게 해요.
에효~
도대체 이게
뭔 짓이래~

인터뷰 2

SBS TV '세상에 이런 일이' 촬영 온 날

웃음이 나와야 웃지요!

이게 도대체 뭔 짓일까…?

여보슈! 기자 양반!!

그림 그리는 게 그렇게 쉬운 줄 아슈?

이젠 별게 다
들어와
속을 썩이는구나!

어느 날 상황실에 새가 한 마리 들어왔습니다.

직무교육 받던 날
졸음이 쏟아져서…

직장에서 2

밤샘근무!

아침은 언제 올까…?

뒤돌아보지 말고
똑바로 가라!

오늘은

꼭

대어를

낚아야지!

회는 바다에서 갓 잡아 올린
바로 이 맛이야!

화초 기르기

자알~ 자라야 하는데…

사랑받는 남편 1

매점 싱크대 수리

매점 선반 보수하기

사랑받는 남편 2

세상에 그냥 얻어지는 건 없는 겨~

겨울에 먹을 칡차 준비

주말엔 집안일을 거들어야 사랑받습니다.

가족들 감기 들라!

커튼 달다
대갈통 깨질 뻔했습니다!

캄샤합니다!